DISNEP

迪士尼
正向故事集
智勇的力量

新雅文化事業有限公司
www.sunya.com.hk

迪士尼正向故事集
智勇的力量

作　　者：Suzanne Francis, Kieran Viola, Calliope Glass
繪　　圖：Disney Storybook Art Team, Disney Press
翻　　譯：葉楚溶
責任編輯：黃偲雅
美術設計：郭中文
出　　版：新雅文化事業有限公司
　　　　　香港英皇道 499 號北角工業大廈 18 樓
　　　　　電話：（852）2138 7998
　　　　　傳真：（852）2597 4003
　　　　　網址：http://www.sunya.com.hk
　　　　　電郵：marketing@sunya.com.hk
發　　行：香港聯合書刊物流有限公司
　　　　　香港荃灣德士古道 220-248 號荃灣工業中心 16 樓
　　　　　電話：(852) 2150 2100
　　　　　傳真：(852) 2407 3062
　　　　　電郵：info@suplogistics.com.hk
印　　刷：中華商務聯合印刷（廣東）有限公司
　　　　　廣東省深圳市龍崗區平湖街道鵝公嶺春湖工業區 10 棟
版　　次：二〇二三年七月初版

Disney·PIXAR

反斗奇兵4

反斗奇兵

傻笑女警當值中

細心分析

胡迪、寶貝和他們的朋友會跟隨
嘉年華的搬遷，從一個城鎮搬家到另
一個城鎮，沿路上亦會幫助新認識的
孩子和玩具。這天，嘉年華又搬到新
的地方去，玩具們便去附近的遊樂場
陪孩子玩耍。

孩子們帶上玩具，一起去玩不同的
遊樂設施：勁爆公爵從滑梯上驚險地滑
下，而傻笑女警麥丁寶、胡迪、寶貝和
她的羊就在團團轉上歡快地轉圈。

阿得和賓尼坐在一個小女孩的懷裏，一起盪鞦韆盪到空中。他們玩得非常高興，沒有留意到旁邊的鞦韆上有一件被人抱着的傷心玩具——塔可餅。

不過，寶貝和傻笑女警都注意到了。當團團轉慢下來時，寶貝在傻笑女警的耳邊低聲說：「當孩子離開公園後，我們去調查那個塔可餅玩具吧。」

「好的。」傻笑女警回答道。

趁着孩子們離開遊樂場，阿得和賓尼就蹦蹦跳跳地歡呼着：
「哈哈！耶！」

　　「太好玩了！」勁爆公爵一邊撫摸着他的小鬍子，一邊興奮
地說。

　　「太難受了。」塔可餅玩具抱怨道。

　　「你是說太難忘了，」賓尼懷疑地問，「對吧？」

　　「不，是令人很難受。」塔可餅強調地說。

　　聽到竟然有玩具不愛跟孩子們玩耍，勁爆公爵、阿得和賓尼
一臉困惑地看着塔可餅。阿得更忍不住問：「你怎麼在跟我們唱
反調呢？」

　　傻笑女警走近這件玩具，對他笑着說：「先生，你遇到什麼問題嗎？」

　　「我不知道。」塔可餅歎了口氣繼續說，「跟孩子們一起玩耍……讓我覺得很無聊。」

　　所有玩具都驚訝得倒抽一口氣，然後開始竊竊私語。傻笑女警抬起手，示意讓他們安靜下來，並表示要進行偵查工作。

　　於是，傻笑女警跳到徽章盒中的辦公桌前。她收集了塔可餅的資料，然後問他：「你試過跟孩子玩得開心嗎？」

塔可餅開始慢慢回憶：
「那是陽光燦爛的一天，
草是翠綠的，天是蔚藍
的……」

「然後，有一個孩子
給你一個大大的擁抱？」
賓尼問他，腦海裏想像着
這個畫面。

「還帶你從旋
轉滑梯上滑下來？」
阿得附和賓尼問道。

「噢！」塔可餅回答說，「都不是！是有個小女
孩抓着我，咬了我幾口，然後把我扔到草叢裏。我覺
得很驚喜呢！」

　　「看來這是一個弄錯身分的個案。」傻笑女警說，「塔可餅，你本來就不應該和孩子一起玩的，因為你是一件寵物玩具啊！」

　　聽到傻笑女警的分析，塔可餅感到非常興奮。傻笑女警作為寵物巡邏隊的主管，跟寵物有關的東西都是她的專長，她對於自己的發現也感到很興奮。

　　「那他是什麼寵物的玩具呢？」胡迪問。

　　「警長，我們馬上會找出答案。」傻笑女警咧嘴笑着說。

　　「那隻鴿子看起來很無聊。」賓尼打趣道，「也許他需要一份『塔可餅』。」

　　「鴿子不是寵物。」傻笑女警說，「在我辦案時，請保持安靜！」

傻笑女警利落地開始工作，她嘗試找出適合玩塔可餅的寵物。她估計道：「狗、貓、鸚鵡、兔子、倉鼠和馬，這些寵物都可能是我們要找的目標。」

　　不一會兒，她轉向塔可餅，提出最後一個問題：「你身上有發聲的裝置嗎？」

　　其他人紛紛打量塔可餅，等待他回答。可惜，他只是聳聳肩說：「我不知道。」

　　「我們需要進行一次發聲裝置的探測。」傻笑女警說，向胡迪點了點頭。

於是，胡迪用套索綁住了塔可餅，並請他盡全力向前傾。在傻笑女警的指揮下，所有的玩具都向後拉起套索。

吱吱吱吱！

「果然如我所推測的那樣！」傻笑女警說，「你是一件小狗的玩具。」

這個結論讓塔可餅很高興，所有玩具都在商量他們要怎樣才能找到適合塔可餅的小狗。

「也許會有人帶小狗來遊樂場。」勁爆公爵提出他的想法。

「不，遊樂場內不准狗隻進入的。」寶貝解釋道。

寶貝帶着大家四處搜索，意外地在遊樂場外發現一幅大地圖。傻笑女警研究一下地圖後，瞇起了眼睛說：「雖然這是一項危險的任務，但我們的特遣隊應該可以應付的，出發吧！」

「我們去哪兒？」塔可餅不明所以問。

「狗公園啊！」傻笑女警說。

塔可餅高興極了！

正當他們討論如何前往狗公園時，一位女士帶着她的小狗走近了。為免被人類發現，玩具們馬上躺在地上。

「狗公園在哪兒？」路過的女士看着地圖喃喃自語道。

玩具們滿心期待地看着其中一隻小狗在嗅塔可餅……但牠很快就不感興趣地走開了。

　　寶貝和胡迪猜到這位女士的目的地，當她轉身準備離開時，
寶貝和胡迪迅速地協助所有玩具攀上寵物手推車的底層。
　　他們一直躲藏着，不一會兒便被送往狗公園了。

　　他們到達狗公園後，玩具們悄悄地走到一片灌木叢的後面，看着幾隻小狗在公園裏奔跑、嗅嗅東西和玩耍。

　　「我不喜歡牠們。」阿得緊張地說。

　　「我也是。」賓尼補充道。

　　塔可餅想擠進去，但傻笑女警抬起手阻止了他，「作為一名稱職的執法人員，我有責任確保這項行動能安全地執行。」

　　她開始謹慎地環顧整個公園，然後大喊：「寶貝！三點鐘方向，有隻西施犬跑過來了！」

寶貝默契地用她的牧羊杖舀起傻笑女警。

「準備發射！」

然後，她把傻笑女警拋高！玩具們很是擔憂，但傻笑女警依照計劃成功降落在小狗身上，並躲在牠的蝴蝶結後。

　　當傻笑女警為塔可餅搜尋相配的小狗時，她評估了每一隻小狗，在腦海中將牠們分類：破壞王、皮球狂熱者、太懶惰的、對吱吱聲不感興趣的、對吱吱聲感到焦慮的、恐懼飛盤的……

　　然後，傻笑女警的目光落在一隻搖着尾巴的小狗身上。她終於找到了適合塔可餅的那隻小狗了！

　　傻笑女警從小狗的頭上翻滾下來，用一片樹葉作為掩護，然後回到玩具們的身邊。

　　「東南面的角落，白色和棕色毛、尾巴捲曲的小狗！」傻笑女警立刻報告發現。

　　「太好了！」塔可餅歡呼起來。

　　「我們要怎樣把他帶到白色小狗那邊？」胡迪問。

寶貝和傻笑女警已經盤算好
了，她們迅速地就位。傻笑女警
等待着一個完美的時機，然後給寶貝
指示：「就是現在！」

寶貝跑了幾步，放下塔可餅，並用盡全力把他踢起來。

他飛到空中，一圈又一圈地翻滾着，飛越了圍欄，然後進到公園裏去了。

白色小狗發現在空中翻滾的塔可餅，興奮地搖擺着牠捲曲的尾巴。牠躍到空中，用口接着塔可餅。然後，小狗一邊咬着他，一邊跑。

　　吱吱！吱吱！

　　「芝芝，你口裹叼着什麼？」一個女孩說，「是一個塔可餅玩具！真棒！」

「我們又成功辦理了一件寵物玩具案件。」傻笑女警自豪地說。

「而且又幫到一件玩具重拾快樂!」寶貝讚賞道。

玩具們看着女孩和她的小狗繼續開心地玩耍,用塔可餅玩着拋接遊戲。他們知道塔可餅享受着每一秒的追逐、咀嚼、吱吱叫──這也讓他們感到無比快樂呢!

優獸大都會
ZOOTOPIA

優獸大都會

復活蛋消失案

分工合作

兔子警探朱迪和來自優獸市警察局的伙伴狐狸阿力，正在朱迪的家鄉與她的家人一起慶祝復活節。獵豹賓治以前從未去過兔兔村，所以也跟來了。

　　他們三個合力把復活蛋藏起來，準備讓兔兔村的孩子們玩尋蛋遊戲。

「真是辛苦的工作呀！」賓治說。

「是的，不過這完全是值得的！」朱迪高興地說，「所有孩子都會在尋蛋的過程中得到無窮樂趣。」

「前提是他們要找到這些蛋呢！」阿力狡猾地笑着說，「不是在自誇，我真的很擅長藏東西呢！」

他們完成了在戶外的草地上放置了一百隻蛋的工作後，阿力便收拾空的糖果袋子，然後把它們扔到垃圾桶裏。當他轉過身來想欣賞他們的傑作，卻驚訝得張大了嘴巴。

「噢，朱迪，我們遇到麻煩了。」

「怎麼了？」聽見阿力驚訝的聲音，朱迪回頭來看向草地。

眼前的情況令她難以置信⋯⋯

他們放在那裏的所有復活蛋都不見了！

「這不可能的！」朱迪疑惑地說，「它們去哪裏了呢？」

「我一直都想偵破一宗懸案！」賓治激動地說。

「好吧，我們來幫忙吧。」朱迪笑着說，「警員賓治，我正式任命你為今天的名譽警探。」

「沒問題，交給我吧！」賓治一邊說，一邊擺出他認為最酷的警探姿勢。

「分開行事比較有效率！我們要仔細地檢查草地的周邊地區，並找出犯人是誰。」朱迪指揮道，「如果有什麼發現，請大聲喊出來。那我們現在分開去找那些失蹤的蛋吧！」

慢慢地，三位警探圍着草地搜索了一圈。

阿力左右警惕地用他
銳利的眼睛觀察四周。

賓治用他出色的平衡力
到高處掃視整片草地。

朱迪把鼻子貼近地面，
豎起耳朵仔細傾聽。她聽到
遠處有一些奇怪的聲音，就
在山的那邊。

當她正要進一步調查
時，阿力大聲喊道：「朱迪、
賓治，快過來！我在這邊找
到一些東西！」

　　「你們看！」他指着地上說，「是熊的腳印，而且是不久前留下的。」

　　「做得好！」朱迪說，「你們先跟着這些腳印去調查吧，我聽到山那邊有些奇怪的聲音，我想去調查。」

　　「小兔子，你確定你不需要支援？」阿力擔憂地問。

　　「放心，我可以的。」朱迪充滿信心地說，「而且只要我們搜查的範圍越廣，破案的速度也越快！」

　　於是，他們分工合作，各自到不同的地點進行調查。

於是，賓治和阿力便沿着腳印的痕跡走進森林。不久，他們來到了一間温暖的小屋門前。

阿力走上前敲門，跟屋裏的人說：「你好，我們是優獸市警察局的探員，想問你幾個問題。」

一隻熊爸爸聞聲，走出來問他們：「請問有什麼事呢？」

「請問你是不是曾經在……」當阿力開始發問時，賓治打斷了他的話：「就是你拿走了我們的巧克力，不是嗎？」賓治帶着懷疑的目光，指着熊爸爸毛衣上的咖啡色污跡。

熊爸爸驚訝地回答他說：「這只是咖啡色的顏料，我們在今天早上製作了牌子。」

阿力迅速地嗅了嗅，有着靈敏嗅覺的他可以確定那污跡並不是巧克力。阿力指着賓治，低聲地解釋道：「不好意思，他是新手，暫時只當了五分鐘的警探。」

「我們早些時候的確有去過草地，但只是去看早上的籃球比賽，是長頸隊決戰布朗隊的賽事。」熊爸爸望向賓治，「這就是我們製作牌子的原因，用來打氣助威呢。」

　　「真是太刺激了！」熊弟弟興奮地說，「在第四節雙方打成平手，直至完場的哨聲響起前一刻，布朗隊的隊長伯利才投進三分球！」

　　「全賴這一球，布朗隊贏了！」熊姊姊歡呼起來。

　　「這是線索……也許是其中一支球隊或觀眾拿走了那些巧克力。」阿力轉向熊爸爸向他解釋道：「其實，有人偷走了我們放在草地上的巧克力蛋，我們正在調查是誰做的。」

　　熊姊姊立刻否認道：「我和弟弟都對巧克力過敏，不會是我們做的！」阿力追問道：「你們有發現任何不尋常的事情嗎？」

　　「你提到這個……」熊爸爸一邊回想一邊說，「雖然籃球場剛剛建好了，但我們仍不時聽到一些施工的聲音。」

　　「謝謝你們！這對我們有很大的幫助。」阿力向他們道謝說。

與此同時，朱迪來到山頂，發現了山的另一邊有一個全新的籃球場。有幾隻穿着綠色衣服、藍色褲子的長頸鹿正在擠上一輛開篷巴士。

「不好意思！」朱迪走近其中一隻長頸鹿說。
「我希望你可以協助調查，我是警探朱迪。」她一邊展示優獸市警察局的證件，一邊補充說道。

「當然可以，警察小姐。我是斯特拉，你需要什麼呢？」長
頸鹿禮貌地回答她說。

「請問你有沒有留意到草地那邊的巧克力蛋呢？」朱迪指着
山下草地的方向問。

「當然有！」斯特拉說，「我在這裏都可以嗅到它們的味道。
因為這些巧克力蛋，復活節成了我最喜歡的一個節日呢。」

「那些巧克力蛋無故消失了，你有看到嗎？」朱迪問。

「我的確看到了。」斯特拉說，「所有蛋突然沉入地下了。」

「它們沉入地下了？」朱迪吃驚地說，「怎麼可能？」

「我也不清楚是怎麼回事，但我從這裏可以看到你們
藏在遊樂場上的蛋一個都沒有消失。」斯特拉抬起頭說。

　　朱迪踮起腳尖看。果然，她仍然可以看到藏在遊樂設
施和附近草叢中的蛋。

「所以，受影響的只有草地區。」朱迪一邊
說着，一邊在腦海中思考這項線索，「我要和我
的伙伴一起去調查了。非常感謝你的幫忙！」

朱迪在草地的中央找到了阿力和賓治，立即問他們：「你們有什麼發現嗎？」

　　「我們跟幾隻熊談過，但他們沒有可疑。」阿力告訴她，「他們說在籃球場仍然會聽到施工的噪音。」

　　「這真是奇怪呢！」賓治說，「朱迪，你那邊有沒有什麼收穫？」

　　「我發現我們藏在較高處的蛋沒有消失。」朱迪說。

突然，不遠處傳來微弱的碰撞聲。

「等等！」朱迪警惕地說，「你們聽到了嗎？」

「聽到什麼？」阿力問。朱迪把一隻耳朵貼在地上，回答說：「有些奇怪的聲音⋯⋯從下面傳來的！」

緊接着，附近的地面有一團泥土飛起來了。

「那裏有個洞穴！」賓治叫道。

土撥鼠爬了出來，慢慢舉起了手。

賓治看着土撥鼠，說：「噢，不可能是他做的，你看他多可愛啊！」

聽見賓治的話，阿力忍不住翻了個白眼，然後對土撥鼠問：「先生，我們花了一個多小時在這片草地上藏了大約一百隻巧克力蛋，你知道它們的下落嗎？」

　　土撥鼠歎了一口氣，無奈地回答：「恐怕是我的孩子拿走了它們。」

　　「你的孩子？」朱迪和阿力齊聲問道。

「啊，是的，還有我的侄女和侄子。山上興建了一個新的籃球場，就在我們家上面！因為太吵了，孩子們無法專心做功課，所以我們上周就搬到了草地這邊。可是，我們不得不進行大量的挖掘工作，令這裏適合我們居住。」土撥鼠解釋道。

「這樣就能解釋施工噪音的由來了！」賓治說。

「因為搬家的各種雜事，我們還沒來得及買復活節的糖果。」土撥鼠繼續說道，「今天早上，孩子們醒來後嗅到了巧克力的味道……恐怕他們忍不住了。」

　　「好吧，謝謝你對我們坦白。」朱迪說，「你可以把孩子們帶到這裏，讓我們和他們談談嗎？」

　　「好的。」土撥鼠一口答應。一會兒後，大約二十多隻小土撥鼠從地裏探出頭來。

　　「看看他們多可愛啊！」賓治求情道，「我們不會把他們送進監獄的，對吧？」

「當然不會。」朱迪說，「畢竟，那些蛋就是為了給孩子們尋找的，他們只是早了一點找到。」

「我們感到很抱歉，警察先生！」知道他們的來意，一隻小土撥鼠尖聲地說。

阿力掩飾着自己的笑意，故作嚴肅道：「朱迪，我不知道我們應該接受他們的道歉嗎？」

「我們應該接受的。」朱迪回答，「不過我們有很多復活蛋都不見了，需要找方法解決。」

聽到朱迪指出的問題，一隻小土撥鼠舉起了手，戰戰兢兢地說：「不好意思，我有個主意。」

「是什麼呢？」朱迪問。

「我們可以幫忙藏更多蛋！」那隻土撥鼠呼喊道。

「噢，我喜歡這個主意！」賓治說。

於是，阿力和朱迪去拿更多蛋，不久後他們都在草地上把更多的復活蛋藏起來。

「這是有史以來最開心的復活節！」一隻土撥鼠高呼。

「喂，小兔子！」過了一會兒，阿力對朱迪低聲說，「我多買了一袋巧克力給我們三個分享。」朱迪很高興，環顧四周，打算叫上賓治，卻不見他的蹤影。

「賓治在哪兒？」朱迪問。

最終，他們在卡車裏找到他⋯⋯發現他正把最後一隻復活蛋塞進口裏。「這些巧克力是給我們所有人的！」阿力大喊道。

「哎呀！」賓治抗議道，「這真的不是我的錯。你們應該把它們更好地藏起來！」

花木蘭

汗馬的救援

靈活變通

花木蘭用毛筆沾了墨硯上的墨水，心不在焉地在竹簡上點了一下，然後深深地歎了一口氣。她討厭練習書法，對她而言書法太沉悶了。

聽到屋外的遠處傳來馬叫聲，木蘭希望此刻她也在外面，而不是百無聊賴地伴着這台發霉的墨硯。

她嘗試讓自己集中精神。書法，書法，書法……

嘶！

木蘭被嚇得跳了起來，抬頭一看，她父親的汗馬，就站在她的窗外！

木蘭急忙走出去，她注意到馬背上掛着些令人擔憂的東西！

「那是婆婆的帽子，」木蘭驚訝地說，「還有她的籃子！現在想一想，婆婆計劃了今天讓你帶她去果園，而你現在竟然在這裏……」

可是，婆婆在哪兒？

汗馬心急如焚地用腳扒着地面。木蘭知道除非婆婆需要幫忙，否則汗馬絕不會丟下她一個人的！

汗馬再次發出嘶鳴，把頭仰向後面的馬鞍。

「你想讓我騎上去嗎？」木蘭猜測道，「你會帶我去找她嗎？」

「我也想這樣做……」木蘭對汗馬解釋道,「但是我不允許出去!你在這裏等着吧,我會跑到村裏尋求幫助。」

汗馬用牠又大又軟的鼻子急切地撞了她一下。

「我知道。」木蘭揉着牠的耳朵安撫道。這真是令人沮喪!木蘭想嘗試做一個得體的淑女,而得體的淑女不會瀟灑地跳到馬匹上並前往救援。

不過,也許就這一次……

「對,救人刻不容緩!」木蘭下了決定,「沒有時間到村裏求援了。」

只此一次,木蘭心裏默默地告誡自己。

木蘭一坐上馬鞍，汗馬就縱身一躍，全速奔馳。當汗馬飛快地穿過鄉村時，木蘭用盡全力緊握韁繩。他們一路飛奔，跨越山坡，穿過峽谷，不時要躍過倒下的大樹。穿過河流時，速度快得讓腳下的水花飛濺。

　　他們很快便來到果園，汗馬在一棵老櫻花樹前停下。

　　「婆婆？」木蘭從馬鞍上滑下來，她環顧四周，卻看不見她的婆婆，於是繼續呼喚：「婆婆！」

　　「我在樹上呢！」

　　木蘭抬頭望向那棵老櫻花樹的樹枝。

　　「梯子掉下來了。」婆婆說，「我不能爬下來。木蘭，謝謝你來幫助我呢！」

　　木蘭看見年紀老邁的婆婆不知所措地坐在樹枝上，除了被困住了，婆婆看上去一切安好，並沒有生命危險。

「我馬上讓你下來的！」木蘭對樹上的婆婆說。可是，當她拿起梯子時，梯子瞬間就在她手中斷開了。

「啊，糟糕了！」木蘭驚訝地說，「梯子斷了。」

婆婆一臉擔憂，建議道：「也許你可以到村裏尋求幫助。」

「這太費時間了。」木蘭思考片刻後說，「婆婆，不要擔心，我可以的。」

　　木蘭仔細地環顧四周。「冷靜，我可以的！」她在心裏默默地鼓勵自己。「看看我們有什麼東西可以加以運用，一匹馬、一個馬鞍、兩個籃子、一條韁繩⋯⋯啊！」點算着已有的物品，她忽然想到一個完美的計劃。

　　首先，她從汗馬的頭上解下韁繩，並用自己的腰帶牢牢地綁着它們。她把皮繩的一端綁着籃子，再把皮繩拋起給婆婆，指示道：「婆婆，請把它掛在樹枝上。」然後，她把臨時繩索的另一端綁在汗馬的馬鞍上。木蘭抓住汗馬的韁繩，讓牠慢慢地從樹下向後退。繩子拉緊了，籃子升到空中直至婆婆的身邊。

　　「婆婆，請踏上你的戰車吧！」木蘭咧嘴笑着說。當她的婆婆安全地坐在籃子上，木蘭帶領着汗馬一步一步地向前走，直至籃子回到地上。

「你做到了，謝謝你！」婆婆感動地喊道，衝過去擁抱木蘭，「你真是個勇敢的女孩！」

「才不是呢⋯⋯」木蘭害羞地紅着臉說，「只是我想讓困在樹上的婆婆盡快下來。」

「你很勇敢。」婆婆讚賞道，「勇敢和聰明。」

汗馬帶着木蘭和婆婆慢慢地回家了，在回去的路上，牠還悠閒地停下來吃草。

在回去的路上，木蘭一直心不在焉。雖然她成功從樹上拯救婆婆，但她的確沒有遵守父親定下來的規矩。

「父親會生氣的。」木蘭緊張地對婆婆說，「我應該要去練習書法的。」

婆婆想了一想，然後說：「我幫你隱瞞吧，只此一次啊！」

　　當天晚上，在吃晚飯時，木蘭的父親問她書法練習得怎麼樣。

　　「其實……」外婆開口說，「我今天幫助木蘭練習書法了。」

　　「哦？」木蘭的父親說，他轉向木蘭，問：「那你練習了什麼字？」

　　「『勇氣』兩個字。」木蘭回答，然後跟婆婆相視而笑，「我有一位很好的老師呢！」

阿拉丁
稱職的公主
聰慧果敢

很久以前，茉莉公主還沒跟阿拉丁相遇，她的每一天都是一樣的。她只會跟唯一的朋友老虎樂雅，在宮殿裏或皇家的花園度過無聊的一天。茉莉常常幻想到宮殿牆壁外，體驗那裏的生活到底是怎樣的。

有一天，茉莉看見臣子賈方從她的父親那裏把一堆
信封收進袋子裏。
「這是誰寄來的信呢？」茉莉心裏好奇地想。

　　賈方走上前，跟茉莉的父親說：「這些都是人們愚蠢的投訴，全都是胡說八道的。」

　　「胡說八道！」站在賈方肩膀的寵物鸚鵡艾格學舌道。

茉莉公主想看一看那些來信，但賈方拒絕給她。
他說這些信上的事情，並不是一個公主應該擔心的東西。

「可是，父王，我想幫忙。」茉莉公主說，「我想做些有意義的事。」

「乖，聽賈方的話，你的工作是做一個『稱職』的公主。」
她的父親一邊說着，一邊牽着她走向花園。
「盡情去玩吧！」他對女兒微笑着說，然後轉頭回去工作。

樂雅悄悄地叼走了一封信件，然後跟在
茉莉的身後。

「一個稱職的公主？」茉莉惱怒地重複
說這句話，「一個稱職的公主也該有自己要
履行的責任！」

樂雅想要嘗試安撫茉莉，想把
信件遞給她，於是把頭輕輕觸碰她
的手臂。

可是，茉莉完全沒有發現。

然後，樂雅發出
一聲低沉的吼叫。
　　不過，茉莉依然
沒有注意到他。

　　最後，樂雅索性站在她的
面前，擋住她的去路。

這時候，茉莉終於注意到他的口中
有些東西：是一封信件！

茉莉趕緊把信打開，仔細地閱讀。

這封信是來自一位商人，他向國王申訴關於老城廣場的問題，因為這個廣場的建築正在倒塌！

她想知道更詳細的情況……可是，她有什麼方法可以收集情報呢？

茉莉打算翻上宮殿的城牆，親眼觀察老城廣場的情況。

她嘗試……

努力地嘗試……

鍥而不捨地嘗試……

可是，這是一道非常高的城牆！無論她怎樣做，也未能跨過去。於是，她四處走着，嘗試尋找其他方法。

「樂雅，我有一個想法。」她說着，把肩上的長披肩展開。

茉莉把披肩拋到樹枝上，然後她抓着披肩的其中一端，命樂雅用口咬着另一端。

樂雅把茉莉慢慢地拉到樹枝上。

她繼續向上攀爬，直至……

她終於登上城牆，可以看到牆外的東西了！

茉莉馬上找到老城廣場。

她仔細觀察那裏的環境，發現很多建築物的確需要復修，所以她想計劃重修這座老城廣場。

茉莉趕忙回到宮殿，把她的想法告訴父親。

不過，當他知道茉莉竟然爬上樹，國王便打斷了她的話，而且被惹怒了。

「這不是一個恰當的行為。」他責備道。

　　可是，被責備的茉莉公主並沒有放棄。

　　「這些信肯定大部分都是跟廣場有關的。」她一邊說，
一邊拿起了他辦公桌上的其他信。

　　「父王，你有仔細讀過這些信嗎？」

　　國王無奈地搖了搖頭。

　　茉莉跟國王描述了她看到的情況，並把自己的想法告訴他：「阿格拉巴需要一個新的市集。」

　　「用什麼資金？」路過的賈方聽到茉莉的話，不滿地問她。

茉莉心裏明白，賈方是不會關心民眾的生活，他只在乎自己的利益。

　　「我會提供資金！」她大膽地說，「我很樂意為這個重要的計劃獻出我的珠寶。」

　　聽到茉莉的回答，賈方恥笑她說：「一個真正尊貴的公主，是不會放棄她們擁有的珠寶。」

　　「珠寶！」鸚鵡艾格附和道。

國王讓賈方停止爭論，然後謹慎地考量。

「修建阿格拉巴的市集……」國王一邊驕傲地看着懂事的女兒，一邊說道，「好吧，就把這件事交給你！」

　　從那時開始，國王便把閱讀信件的責任交托給茉莉公主。

　　不過，當中有很多都是寫給公主的感謝信。

　　商人們在信中表示，很高興能看到市集得以復修，現在市集吸引了來自世界各地的商人，帶來了各式各樣的寶物……

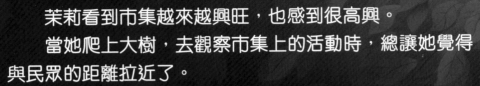

茉莉看到市集越來越興旺，也感到很高興。

當她爬上大樹，去觀察市集上的活動時，總讓她覺得
與民眾的距離拉近了。

不過，最重要的是……

她終於覺得自己像個稱職的公主了！